LE TRIÓMPHE DE LA RÉPUBLIQUE

REPRÉSENTATIONS DONNÉES LES 11, 12 ET 14 SEPTEMBRE 1889

AU PALAIS DES CHAMPS-ÉLYSÉES

ODE TRIOMPHALE

EN L'HONNEUR

DU CENTENAIRE DE 1789

POÉME ET MUSIQUE

PAR

AUGUSTA HOLMÈS

ÉDITION

donnant les indications de mise en scène et de costumes.

PARIS

MDCCCLXXXIX

ODE TRIOMPHALE

EN L'HONNEUR DU CENTENAIRE DE 1789

Poème et Musique

PAR

AUGUSTA HOLMÈS

ODE TRIOMPHALE

EN L'HONNEUR

DU CENTENAIRE DE 1789

POÈME ET MUSIQUE

PAR

AUGUSTA HOLMÈS

ÉDITION

donnant les indications de mise en scène et de costumes.

PARIS

MDCCCLXXXIX

LES REPRÉSENTATIONS DES 11, 12 ET 14 SEPTEMBRE 1889,

AU PALAIS DES CHAMPS-ÉLYSÉES,

sont données avec le concours de

Mme MATHILDE ROMI, contralto solo,

Des Sociétés :

Les Amis de la Rive gauche . .	Directeur :	M. AUDONNET,
Le Choral des Amis réunis. , ,	—	M. VINARD,
— de Belleville. . . . ,	—	M. JOUVIN.
— Chevé de Belleville .	—	M. FAUVELLE,
— Chevé Polytechnique de Montmartre. .	—	M. DUPERRON.
— du Louvre.	—	M. BASLAIRE.
L'École Galin-Paris-Chevé . . .	—	M. AMAND CHEVÉ.
Les Enfants de Paris.	—	M. DELHAYE.
La Lyre de Belleville.	—	M. BESANÇON.
L'Union chorale Française . . .	—	M. LEQUIN.
L'Union chorale Néerlandaise. .	—	M. CAHEN.

Des Enfants des Écoles de la Ville de Paris

Et des Chœurs de l'Association artistique du Châtelet.

Orchestre et chœurs : 1,200 exécutants

sous la direction de

M. ÉDOUARD COLONNE

Chef des Chœurs : M. A. FOCK.

Décors par MM. **LAVASTRE** et **CARPEZAT**.

Costumes par M. BIANCHINI.

Accessoires par M. HALLÉ. — Mise en scène par M. BAUGÉ.

PERSONNAGES CHANTANTS

LA RÉPUBLIQUE

LES VIGNERONS.	LES MOISSONNEURS.
LES SOLDATS.	LES MARINS.
LES TRAVAILLEURS (1er chœur).	LES TRAVAILLEURS (2e chœur).
LES ARTS.	LES SCIENCES.
LES JEUNES GENS.	LES JEUNES FILLES.
LES ENFANTS (1er chœur).	LES ENFANTS (2e chœur).

PERSONNAGES MUETS

(Figures allégoriques.)

LE VIN.	LA MOISSON.
LA GUERRE.	LA MER.
LE TRAVAIL.	L'INDUSTRIE.
LE GÉNIE.	LA RAISON.
L'AMOUR.	LA JEUNESSE.

UNE FIGURE VOILÉE

COSTUMES

PERSONNAGES CHANTANTS

LA RÉPUBLIQUE.

Elle est vêtue des couleurs françaises, portant le péplum bleu, la tunique blanche et le bonnet phrygien couronné d'épis d'or.

Au front, l'étoile flamboyante. A la ceinture, un glaive au fourreau. Dans la main gauche, le sceptre antique sur lequel on s'appuie, terminé par la main de Justice. Dans la droite, des rameaux d'olivier. Aux pieds, des sandales d'or.

LES VIGNERONS, hommes et femmes.

Costumes français aussi pittoresques que possible. (Voir les costumes du Midi de la France.) Cols découverts, bras nus, vestes sur l'épaule, chapeaux de paille enguirlandés de raisins et de pampres. Costumes dans le même esprit pour les femmes.

Ils portent des cruches, des coupes, des ceps de vigne.

LES MOISSONNEURS, hommes et femmes.

Comme les précédents, ils sont vêtus très pittoresquement. Les femmes ont des chemises de toile bise et des jupes de couleurs éclatantes. Autour des chapeaux, guirlandes de fleurs des champs, bleuets, pâquerettes, coquelicots. Moissonneurs et moissonneuses portent des gerbes, des fléaux, des faucilles.

LES SOLDATS.

Ici, il faudrait entremêler des uniformes de toutes les armes en choisissant les plus éclatants. Bouquets tricolores dans les canons des fusils.

*

LES MARINS.

Uniformes de la marine de guerre. Ancres et avirons aux mains.

LES TRAVAILLEURS.

1er CHŒUR.

Enfants du Père Soubise et de Maître Jacques, Compagnons du Devoir.

Menuisiers, tourneurs, vitriers, taillandiers, forgerons, maréchaux charrons, tanneurs, corroyeurs, etc.

2e CHŒUR.

Enfants de Salomon, Compagnons de Liberté.

Tailleurs de pierre, menuisiers, serruriers, charpentiers.

En tête de chaque chœur, un groupe de compagnons, portant le costume du compagnonnage. Grands chapeaux, vestes garnies de flots de rubans, hautes cannes enrubannées aux pointes de fer et de cuivre. En main, l'équerre et le compas. Aux oreilles, boucles en forme d'équerres et de compas pour les charpentiers, de fers à cheval pour les maréchaux, de martelets et d'aissettes pour les couvreurs, de raclettes d'argent pour les boulangers. Tous ont des bouquets aux chapeaux. Prodiguer les couleurs brillantes.

LES ARTS.

Figures allégoriques, hommes et femmes. La Poésie, le Drame, la Comédie, l'Éloquence, l'Histoire, l'Architecture, la Sculpture, la Peinture, la Musique et la Danse, vêtus à l'antique, portant leurs attributs, puis une foule de personnages représentant les différentes branches de l'Art, puis des Gloires et des Renommées ailées. Effet clair et rayonnant, faire dominer les blancs, les ors, les tons d'aurore.

LES SCIENCES.

Figures allégoriques, hommes et femmes. La Philosophie, l'Astronomie, la Géométrie, l'Algèbre, l'Arithmétique, la Mécanique, la Médecine, la Zoologie, la Botanique, la Géologie, la Minéralogie, la Chimie, la Physique, la Météorologie, etc. Chacune de ces figures doit porter le costume et les attributs voulus. D'autres personnages représentant les plantes, les étoiles, les métaux, etc., que la science a donnés au monde. Effet riche et sévère. Les tons d'acier, de feu, de nuit, doivent dominer.

LES JEUNES GENS.

Costumes variés : vestes et culottes ou pantalons pris dans des guêtres ou des bottes claires. Tons très clairs, fleurs aux boutonnières. Ils portent des palmes et des lauriers verts. Tête nue ou couronnée de chêne.

LES JEUNES FILLES.

Robes blanches, couronnes de chêne et de roses blanches et roses, d'un ton très effacé. Cheveux blonds surtout. Grandes guirlandes de liserons, de chèvrefeuille, de clématites passant sur une épaule et retombant dans les plis de la robe. Touffes de roses blanches à la main. Quelques-unes portent des colombes. Effet printanier et fleuri.

LES ENFANTS (filles et garçons).

Tuniques blanches, ceintures bleues, blanches et rouges, jambes nues ; sandales, couronnes de fleurs diverses.

LE PREMIER CHŒUR   tient, liés sur un char par des chaînes de fleurs, des animaux féroces, tigres, jaguars, panthères.

LE SECOND CHŒUR   porte des épées nues, entourées de feuillages.

PERSONNAGES MUETS

(Figures allégoriques.)

LE VIN.

Un jeune homme, cheveux noirs, teint basané, vêtu d'une peau de panthère et d'une tunique couleur lie de vin. Bras nus cerclés d'or, jambes nues. Cnémides de pourpre et d'or. Sur la tête, couronne de lierre, de vigne et d'hyacinthe. Il est porté sur un pavois fait de pampres et de raisins.

LA MOISSON.

Jeune femme rousse, couronnée d'épis et de fleurs des champs. Robe d'un bleu pâle ; faucille d'or à la ceinture. Elle tient une gerbe de blé et s'appuie sur un soc de charrue.
Elle est portée sur des monceaux de gerbes et de fleurs.

LA GUERRE.

Grande et robuste, cheveux noirs, casque d'acier surmonté d'un coq aux ailes déployées. Cuirasse d'écailles d'acier sur une tunique rouge relevée pour laisser voir les jambes revêtues de jambai d'acier. Lance à la main, glaive au côté.
Elle est portée sur des boucliers.

LA MER.

Jeune femme très blanche et très blonde, d'un blond pâle. Cheveux ruisselants jusqu'aux pieds. Robe chatoyante d'un vert glauque aux reflets d'azur. Innombrables colliers de perles, de coraux, de coquillages, bracelets de perles aux bras nus. Guir-

landes de plar ꞏ ꞉ marines dans les cheveux et sur la robe. Elle
porte à la main le trident.

Elle est assise sur une conque entourée d'un amas de coquillages,
d'algues et d'écume.

LE TRAVAIL.

Géant aux formes athlétiques, le tablier de cuir autour des reins,
le marteau à la main. Il est porté sur une enclume.

L'INDUSTRIE.

Tunique blanche, ceinture et bracelets d'argent. Aux pieds, des
cnémides avec des ailes.

Elle s'appuie sur un rouet et tient un caducée de l'autre main.
Elle est portée sur des instruments de métier.

LE GÉNIE.

Très grand, très jeune, très blond.

Coiffure de l'*Apollon Musagète*. Tunique de toile d'or, cnémides
d'or, bracelets d'or, bras et jambes nus.

Il porte la lyre d'ivoire aux cordes d'or.

Il ne sera point porté, mais marchera en tête du groupe des
Arts, suivi et éclairé par une lumière couleur d'or.

LA RAISON.

Jeune, sévère, de haute taille. Couronnée d'étoiles, cheveux
noirs, robe bleue semée d'étoiles d'argent, le flambeau à la main.
Elle marche en tête du groupe des Sciences, dans une clarté bleue.

L'AMOUR (travesti).

Aspect d'un chasseur adolescent. Cheveux bouclés, tunique
blanche relevée sur un genou ; peau de tigre retenue par une
ceinture de fer. Grand arc. Carquois à l'épaule. Ailes rosées.

Il marche en tête du groupe des jeunes gens.

LA JEUNESSE.

Svelte et vaporeuse. Tunique et péplum blanc et rose tendre. Couronne de roses des bois sur des cheveux clairs envolés. Ailes de papillon aux mille couleurs.

Elle précède le groupe des jeunes filles.

UNE FIGURE VOILÉE.

Longs cheveux blonds dénoués. Voile noir cachant le visage et tombant en grands plis jusqu'au bas de la robe traînante, où l'on devine du bleu, du blanc, du rouge... Chaînes de fer aux bras, ceinture de fer avec chaîne.

MISE EN SCÈNE.

La scène comprend un large espace en amphithéâtre, entouré de colonnes chargées de trophées auxquelles s'entremêlent des palmiers et des lauriers énormes.

Des rampes établies à droite et à gauche entourent un autel de forme ancienne qui se dresse au centre de la scène. Au milieu, un large escalier monte vers l'autel. Au-dessous de celui-ci, une plate-forme d'où l'on accède vers lui par quelques marches plus étroites.

Au-dessus de l'autel, un grand voile d'or est suspendu à des trophées d'armes, de fleurs, de drapeaux.

Autour de l'autel, quatre trépieds où brûlent des parfums.

Derrière l'autel, une seconde plate-forme aboutit à une nouvelle série de larges degrés menant à une troisième plate-forme au bout de laquelle s'élèvent les derniers praticables se reliant au fond de la scène qui s'étage circulairement, représentant des cités, des forêts et des montagnes lointaines.

Les rampes latérales devront être aménagées de façon à ce qu'il y ait, par intervalles, des surfaces horizontales destinées à recevoir les pavois des figures allégoriques qui, de cette façon, se trouveront échelonnées jusqu'au bas, de chaque côté, en avant des chœurs.

Les chœurs devront entrer en scène par la droite et la gauche, simultanément, ainsi :

CÔTÉ JARDIN.	CÔTÉ COUR.
LES VIGNERONS.	LES MOISSONNEURS
LES SOLDATS.	LES MARINS.
LES TRAVAILLEURS (1er chœur).	LES TRAVAILLEURS (2me chœur).
LES ARTS.	LES SCIENCES.
LES JEUNES GENS.	LES JEUNES FILLES.
LES ENFANTS (1er chœur).	LES ENFANTS (2e chœur).

Les chœurs devront chanter face au public, à l'avant-scène, puis monter simultanément les rampes latérales pour garnir les côtés et le fond, en mettant en relief les figures allégoriques et les pavois qui les précèdent pour les symboliser.

LES ARTS ET LES SCIENCES viendront des parties hautes en sens contraire, exceptionnellement, pour descendre vers l'autel des deux côtés.

LE GÉNIE ET LA RAISON se tiendront debout, de chaque côté de l'autel.

LES JEUNES GENS ET LES JEUNES FILLES, venant de l'avant-scène, se grouperont des deux côtés, sur la plate-forme au dessous de l'autel.

L'AMOUR ET LA JEUNESSE se tiendront debout, enlacés, en avant et au-dessous de l'autel.

LES ENFANTS se rendront au milieu de l'avant-scène et se grouperont en avant et sur les marches de l'escalier central.

LA FIGURE VOILÉE sortira du milieu de l'avant-scène et passera au milieu des enfants, puis devant les jeunes gens et les jeunes filles et — l'Amour et la Jeunesse se séparant pour lui faire place — montera jusqu'à l'autel, où elle s'agenouillera en suppliante.

ODE TRIOMPHALE

La cérémonie commence par de longs appels de trompettes se répondant des quatre points de la voûte. D'autres appels répondent à ceux-ci, de loin d'abord, puis de plus en plus rapprochés.

Enfin l'orchestre éclate en un prélude en forme de marche triomphale. Aux dernières mesures, le rideau s'ouvre et les vignerons entrent en scène.

LES VIGNERONS,

précédés par le Vin, porté sur un pavois où s'écroulent des raisins et des pampres

Evohé! Soleil! Evohé!

La vigne a fleuri!
La grappe a mûri!
Dans les cuves, le vin bouillonne!
Ce soir, vignerons,
Nous reposerons,
Car le vin rougeoie et rayonne.

C'est le vin joyeux
Le vin des aïeux,
Qui rend la vie et l'espérance,
C'est le vin pur et glorieux,
Evohé! C'est le vin de France!

LES MOISSONNEURS,

précédés par la Moisson portée sur des gerbes de blé et de fleurs des champs.

Evohé! Soleil! Evohé!

Le baiser vermeil
De l'ardent soleil
A gonflé les épis superbes,
Et, toujours, encor,
En lourds monceaux d'or
S'entasse la gloire des gerbes.

Soleil! Evohé!
C'est le pain sacré
Que nous tirons des blondes plaines,
Que les bœufs dorment dans le pré,
Moissonneurs, les granges sont pleines!

LES VIGNERONS.

Ce vin, c'est le sang
Chaud et rubescent
De la terre qui nous fit naître!

LES MOISSONNEURS.

Ce pain, c'est la chair
Du sol trois fois cher,
Que le soc déchire et pénètre!

LES DEUX CHŒURS.

Forts et rénovés
Mangez et buvez,

Fils du Rire et de la Vaillance,
Le pain et le vin
Sans qui tout est vain,
La chair et le sang de la France!

LES SOLDATS,

précédés par la Guerre, portée sur des boucliers.

L'arme au bras, l'épée au côté,
Le front haut, le cœur sans colère,
Nous en qui la Patrie espère,
Nous attendons sa volonté.

A l'heure où, d'une voix sonore,
Le Coq de guerre chantera,
Le Maître de la nuit fuira
Devant les soldats de l'Aurore !

Et nous célébrerons ton nom,
France, ô mère des épopées,
Au cliquetis clair des épées,
Aux rugissements du canon.

Entends-nous ! Notre âme te crie :
« Nous voulons mourir en t'aimant ! »
Car c'est vivre immortellement
Que de mourir pour la Patrie !

LES MARINS,

précédés par la Mer, portée sur des monceaux de coraux et de plantes marines.

Sur les flots gris de l'Océan sans bornes,
Sous les vents ruisselants,
Depuis les mers aux rivages brûlants
Jusqu'aux neiges mornes
Où veillent les Nornes,
Voguent nos vaisseaux aux beaux flancs !

La vague est terrible et profonde ;
L'éclair brille et la foudre gronde...
Mais dans le danger
Pour nous protéger
Nous t'invoquons, France la blonde !
Et nous semons, vermeilles fleurs,
Les pavillons aux trois couleurs
Aux pays lointains où nous mène l'onde !

A toi, la conquête féconde !
A toi, l'or et la perle ronde !
Qu'importent les morts
Si, par nos efforts,
La France obtient les richesses du Monde !

————

LES TRAVAILLEURS.

1er groupe précédé par le Travail. — 2e groupe, précédé par l'Industrie.

1er CHŒUR.

Tope, frère ! et dis-moi ton nom !

2ᵉ CHŒUR.

Je suis enfant de Salomon.
Dites vos noms qu'on les redise

1ᵉʳ CHŒUR.

Enfant de Jacque et de Soubise.
A qui dois-je donner mon cœur ?

2ᵉ CHŒUR.

A ton frère, le travailleur.
A qui dois-je donner mon âme ?

1ᵉʳ CHŒUR.

A ton pays qui la réclame.
A quoi dois-je employer mes bras ?

2ᵉ CHŒUR.

Le Temple tu reconstruiras !

LES DEUX CHŒURS.

Avec la pioche et la truelle,
Avec l'équerre et le compas,
Cimente, égalise et nivelle
Compagnon, ne t'arrête pas !

Construis le Temple de justice,
Le cœur tranquille et plein de foi ;
Il faut que l'ordre s'accomplisse :
Frère ! l'Avenir est à toi !

Avec le levier et l'équerre
Et la truelle et le compas
Construis le Temple de Lumière ;
O sauveur, ne t'arrête pas !

———

LES ARTS.

précédés par LE GÉNIE.

Peuple, lève les yeux vers la Lyre immortelle !
  Regarde ! c'est elle
Qui dit à l'univers ta gloire et tes travaux ;
Écoute avec ferveur et plein d'un saint délire
  La voix auguste de la Lyre
Qui t'appelle en chantant à des destins nouveaux !

Vois les pinceaux trempés dans l'azur et l'aurore
  Où rayonne encore,
Malgré le temps cruel, le prisme aux sept couleurs ;
Le maillet, le ciseau qui, dans le cœur des arbres,
  Sur l'onyx, le bronze et les marbres,
Ont gravé pour toujours ta joie et tes douleurs !

  O peuple, sois doux au Génie
  Qui, par l'image ou l'harmonie,
Enseigne le divin à ton humanité !
Si l'Art ne t'aide point, tu bâtis sur le sable ;
Et le plus pur renom est encor périssable
  Si nous ne l'avons pas chanté !

LES SCIENCES, précédées par LA RAISON.

Du fond de l'Océan jusqu'au delà des astres,
    Nous avons frayé le chemin,
Qu'oublieux de la mort, des guerres, des désastres,
    Tu graviras, ô genre humain !

Nous avons déchiré les voiles de mystère
    Dont se couvrait la Vérité :
Le feu dévorateur, l'onde, l'air et la terre
    Sont soumis à ta volonté.

Nous avons arraché de leur ciel illusoire
    Les faux dieux à l'homme pareils ;
Et la vie a jailli de l'immensité noire
    En myriades de soleils !

Homme, debout ! Bientôt l'Aurore va paraître
    Du jour sans fin et sans milieu ;
Marche ! et perçois en toi l'Esprit, le Verbe et l'Être,
    Homme, qui par nous, seras dieu !

———

LES JEUNES GENS,

précédés par L'AMOUR.

Vers Elles !
Amour, conduis-nous en battant des ailes !
Vers Elles !
Les blondes, les blanches, les belles...

Plus loin, là-bas, plus loin encor
Vers Elles !
Vers les vierges aux cheveux d'or !

LES JEUNES FILLES, précédées par LA JEUNESSE.

Je rêve
Qu'un soleil très doux à mes yeux se lève...
Je rêve
Qu'une voix m'appelle sans trève...
Je rêve d'un regard vainqueur...
Je rêve
Que l'Amour m'a blessée au cœur !

LES JEUNES GENS.   .

Succombe !
Le vautour divin a pris la colombe.
Succombe
A l'amour plus fort que la tombe.
Livre ton âme, ouvre tes bras,
Succombe
A l'amour par qui tu vivras !

Orchestre. Les deux chœurs se rejoignent au milieu de la scène.

LES JEUNES FILLES offrent des fleurs aux jeunes gens.

Avec ces tendres roses blanches
Prends ma pure fidélité.

LES JEUNES GENS offrent des branches de laurier et des palmes aux
jeunes filles.

Avec ces glorieuses branches
Reçois ma force et ma fierté.

LES JEUNES FILLES.

Je jure de donner mon âme
A celui qui reçut ma foi !

LES JEUNES GENS.

Je jure une éternelle flamme,
Et pour toujours je suis à toi !

LES DEUX CHOEURS, se groupant sur les deux côtés de l'escalier.

Je t'aime !
Et te donnerai ma vie elle-même !
Je t'aime !
O lever d'aurore ! O poëme !
O roses du premier baiser !
Je t'aime
D'un amour qu'on ne peut briser.

L'Amour et la Jeunesse se rejoignent devant l'autel et demeurent debout, enlacés.

———

LES ENFANTS.

1er Chœur tenant sur un char des bêtes féroces liées par des chaînes de fleurs. —
2e Chœur portant des épées entourées de feuillages.

LES DEUX CHOEURS.

Nous venons saluer notre mère chérie
Avec de très belles chansons,
Que répétaient dans la prairie
Les merles bleus et les pinsons
Et tous les oiseaux des buissons

1er CHŒUR.

Le rossignol chantait : « La France est éternelle! »

2e CHŒUR.

L'alouette a crié : « Sa Gloire va fleurir ! »

1er CHŒUR.

La mésange disait : « Il faut vivre pour elle! »

2e CHŒUR.

Le moineau gazouillait : « Pour elle, il faut mourir! »

1er CHŒUR.

Nous avons enchaîné les méchantes panthères
Et les tigres, avec des fleurs ;
Car les oiseaux ont dit : « Tous les hommes sont frères ;
Plus de guerres!
Assez de pleurs! »

2e CHŒUR.

Nous avons apporté les cruelles épées
Bien enveloppées
De houblons et de pampres verts ;
Les oiseaux nous ont fait entendre
Que notre mère est tendre
Et qu'elle renverra la haine et les hivers!

LES DEUX CHŒURS.

Accueille-nous, mère chérie,
Nous avons des fleurs plein les mains :

Toutes les roses des chemins,
Tous les bluets de la prairie
Et l'avenir de la patrie !

Les enfants se groupent en avant de l'escalier.

———————

A ce moment, la scène s'obscurcit. Un long murmure se fait entendre dans l'orchestre, plein de grondements farouches, et une marche funèbre monte et grandit.
Devant l'orchestre surgit une figure voilée de noir, chargée de chaînes, aux longs cheveux blonds dénoués.
Elle se dirige à pas lents vers l'autel, en tendant désespérément les bras aux groupes divers échelonnés sur le théâtre. Les enfants s'écartent en lui montrant l'autel avec leurs épées entourées de fleurs. Elle monte les degrés. L'Amour et la Jeunesse se séparent pour la laisser passer.

TOUS LES CHŒURS, à voix basse.

A travers les cités et les sombres forêts
Ont retenti des cris funèbres.
Le soleil s'est éteint ! Un voile de ténèbres
Répand le deuil sur nos apprêts !

Long crescendo à l'orchestre. La femme voilée tombe à genoux en embrassant l'autel.

Apparais, déesse, apparais !
Apparais et console, apparais et délivre !
L'espoir de ta présence auguste nous enivre,
Et notre cœur est plein de tes nobles attraits !

LES ENFANTS.

Toi qui protèges notre mère,

TOUS.

Apparais, déesse, apparais !

LES JEUNES GENS ET LES JEUNES FILLES.

Toi qui vaincras la haine amère,

TOUS.

Apparais, déesse, apparais !

LES SCIENCES.

Toi, par qui l'ignorance expire,

TOUS.

Apparais, déesse, apparais !

LES ARTS.

Toi, que chante la grande Lyre,

TOUS.

Apparais, déesse, apparais !

LES TRAVAILLEURS, 1er CHŒUR.

Toi, la juste libératrice,

TOUS.

Apparais, déesse, apparais !

LES TRAVAILLEURS, 2e CHŒUR.

Toi qui veux que le mal périsse,

TOUS.

Apparais, déesse, apparais !

LES MARINS.

Toi, pour qui s'enfle notre voile,

TOUS.

Apparais, déesse, apparais !

LES SOLDATS.

Toi, notre égide et notre étoile,

TOUS.

Apparais, déesse, apparais !

LES MOISSONNEURS.

Toi, que la fleur des blés couronne,

TOUS.

Apparais, déesse, apparais !

LES VIGNERONS.

Toi, pour qui la vigne fleuronne,

TOUS.

Apparais, déesse, apparais !
Viens ! approche ! Sois là ! Surgis dans la lumière !
Ton peuple t'invoque à genoux !
O terrible, ô clémente, ô triomphante, ô fière,
O République, apparais-nous !

Un éclair sillonne l'obscurité. Le voile d'or se déchire et tombe, et La République apparaît au-dessus de l'autel, dans une clarté fulgurante. Elle porte le péplum d'azur, la tunique blanche et le bonnet phrygien cerclé d'une couronne d'épis d'or. L'étoile brille sur son front. Un glaive au fourreau pend à sa ceinture. D'une main, elle s'appuie sur le sceptre souverain, de l'autre, elle tient des rameaux d'olivier. Le peuple tombe à genoux.

LA RÉPUBLIQUE.

O peuple, me voici ! du haut de l'Empyrée
Où je règle à jamais les destins glorieux,
Je viens à ton appel, et, de flamme entourée,
          J'apparais à tes yeux.

LE PEUPLE.

     Gloire à toi, Liberté sacrée,
     Déesse qui vainquis les dieux !

LA RÉPUBLIQUE.

Venez à moi, vous qui souffrez pour la justice !
Pauvres, déshérités, martyrs, suivez ma loi ;
Il faut que le clairon terrible retentisse...
          La Justice, c'est moi !

LE PEUPLE.

     O guerrière, ô libératrice,
     O rédemptrice, gloire à toi !

LA RÉPUBLIQUE.

Accourez à ma voix des confins de la terre,
     Mortels affamés d'équité !
J'élève sur vos fronts l'olivier salutaire,
Symbole de concorde et de fraternité.

          A la source de vérité
Que l'homme délivré du mal se désaltère ;
Car la nuit est vaincue et le monde s'éclaire
          Au soleil de la Liberté !

LE PEUPLE, debout.

Gloire à toi, fille de la Gloire !
Que nos cris triomphants ébranlent l'univers !
Que les cités et les déserts
Retentissent de ta victoire !

Trompettes, emportez jusqu'aux cieux grands ouverts
L'hymne de Joie et de Victoire !
Gloire à toi, fille de la Gloire !

LA RÉPUBLIQUE étend sur la foule les rameaux d'olivier, en un geste de
bénédiction. La figure en deuil arrache ses chaînes et ses voiles et apparaît vêtue des
couleurs de la France. Une gerbe de blé incandescente croît et grandit au pied de
l'autel. Toute la foule tend vers la déesse des bras chargés d'attributs, comme pour
lui consacrer les forces de la Patrie, avec un grand cri de suprême enthousiasme.

Gloire à toi, Liberté, soleil de l'univers ! !

PARIS. — IMPRIMERIE CHAIX, 20, RUE BERGÈRE. — 17417-7-9.

www.ingramcontent.com/pod-product-compliance
Lightning Source LLC
Chambersburg PA
CBHW070302220626
46818CB00018B/2151